俺らの敗因つか、勝因！

原案 ミカヅキカゲリ
作画 クロナガス鯨

麻生《あそう》 拓海《たくみ》

俺らの敗因

つーか、勝因

俺らの敗因

黒川《くろかわ》 日向《ひなた》

つーか、勝因

〔 〕内の文字について
4y＋3x＝−6 〔x〕
カキ
の等式を〔 〕内の文
2a−11＝3b＋
カキ
俺は麻生拓海
中学3年生
進学校への受験を控えた1月
勉強もラストスパート！
と、行きたいところ
なんだけど…
ねえ〜
みいた〜ん

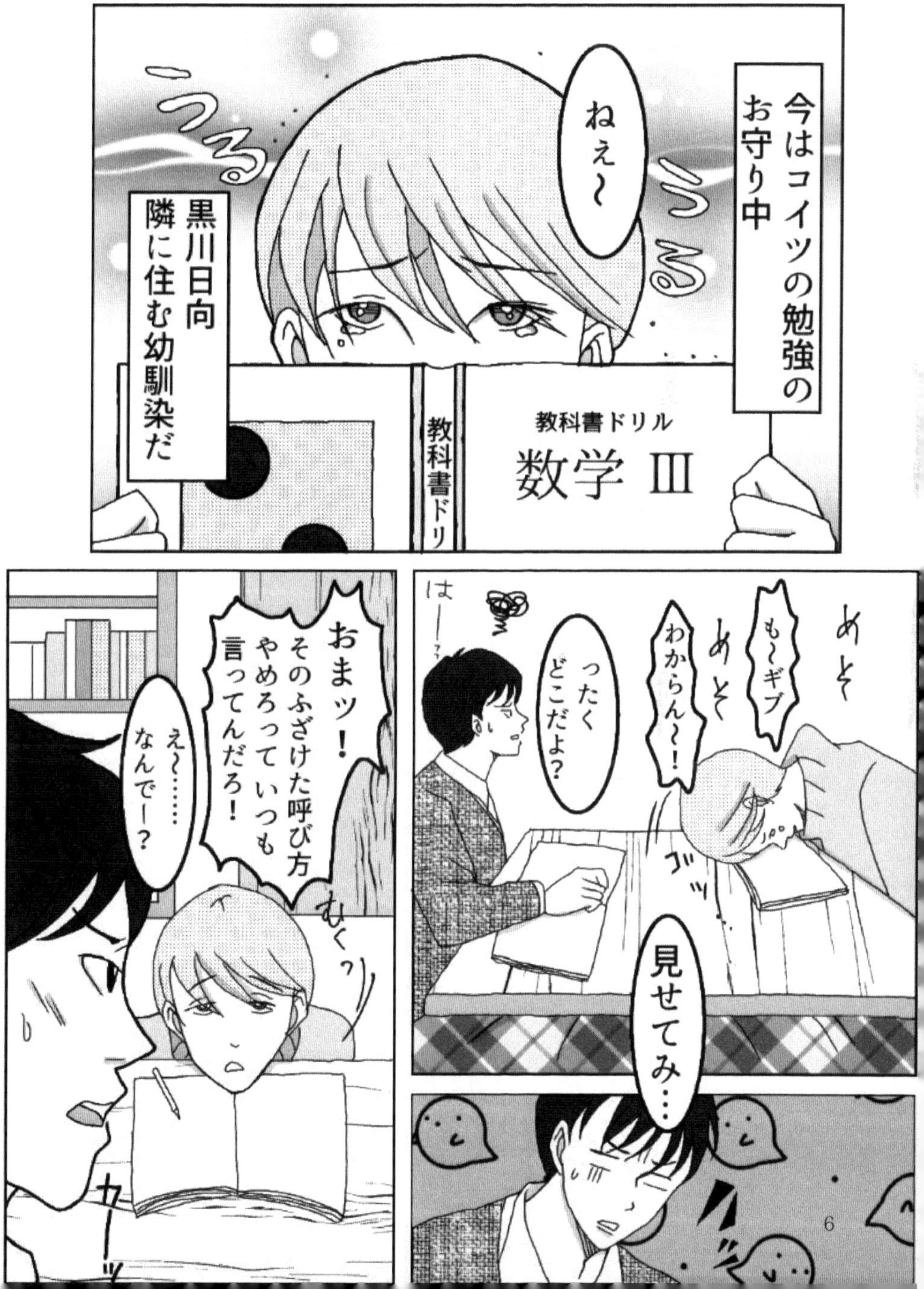
今はコイツの勉強のお守り中
ねえ〜
うるうる
黒川日向
隣に住む幼馴染だ
教科書ドリル
数学 III
教科書ドリ
めそめそ
も〜ギブ
わからん〜!
ったく
どこだよ?
はーー
ゴッ
見せてみ…
おまッ!
そのふざけた呼び方
やめろっていつも
言ってんだろ!
え〜……
なんでー?
むくっ
カーーッ

ポリポリ
力抜けんだよ それ……
ったく…
ちょいちょい
えー？良いじゃん
ん
のびーっ
『たくみ』『みぃたん』だから！
へらっ
可愛いよ？
…ッ！
可愛いって！
ぐぬぬ
ばっ馬鹿かっ！
だいたい男だぞ？可愛いなんて…
カアア

おかしい？
俺には可愛いんだけどな…
クスッ
ドキ
もいい……
ボソ…

んな事より
さっさと問題やるぞ
だいたい日向
少しは焦れ…
お前は俺と違って合格圏ヤバいんだかんな?!
あーー!もうそれ言わないでよ…
やだ!聞きたくないっ!
どーせ拓海みたいな学年トップの人には
ドンッ
俺の苦労なんて分かりっこ無いんだ
なんだそれ
訳わからん…
何この公式……
もーっ
拓海に聞くの悔しいから自力で解く!
こいつの目ってほんと綺麗だよなぁ…
まつ毛長っ…

じ・・・・
男の俺でもちょっと
ドキッとすると言うか…
え？
俺の顔になんか
付いてる？
それとも
見とれてた？
ッ!!
Smile
コホン…
ほっ…ほら
どの問題だよ？
ドキ
ドキ
ポコッ
ばーか！
いたっ
カアッ

ここ、ここが分から無いのじゃ
ん〜？どれどれ……なのじゃ……
近っ……
コツ…
ちらっ
この変な喋り方は幼稚園の頃から今も続いてる言わば俺達の風習みたいなもんで
これ昨日も教えたはずじゃぞ
ズゴーン
？
？
どちらかが始めたらそれに合わせるのが暗黙の了解になってる
そうじゃったかの…
とは言え始めるのはだいたい日向の方からだけど……
お主 覚える気あるじゃろか？

これはこの公式を応用すると良いんじゃよ
まずこのカッコの中を分配法則してじゃな…
ここまではOK?
コク
コク
次に乗法公式を使うとこうなるじゃろ?
あーーー!なる程ーー!
ぱあああ
ポンッ
そうじゃったのか!
無邪気な奴だな
ぶふっ

サンキューじゃ
みぃたん!!
スキすき♥
うがッ!

だっからッ
そのみぃたんは
ヤメロって!
ネコかっっ
ぶわっっ
ゴロゴロゴロ
ま……
良っか

もくじ

メアリー人形

ミカヅキカゲリ

その人形は、メアリー人形と呼ばれていた。筧家に代々伝わるまるでほんとうに生きているかの様な愛らしい金髪の西洋人形。

由来はあまりあきらかではない。

江戸時代以前の中世のいずこかの時点で、交流のあった和蘭陀の商人から筧家の細君に贈られたものであったそうだ。

*

はじめ、筧家の細君の所有に帰していたメアリー人形だったが、時代が下るに連れて筧家の姫君の雛人形へと、その役割を変えていった。そうして、さらに近代へと時代が下ると、雛人形から筧家の子どもたちの普段の遊びへと、メアリー人形は用いられるようになっていった。

＊

そして、今日。

メアリー人形の当代の持ち主は、いにしえの翻訳小説ならば「オールドミス」と称されるような娘だった。

名を筧月子と云った。

月子は今年三十九歳。不惑の大台を目前に控えていたが、とてもそうは見えなかった。せいぜい三十そこそこに見える。

長い癖のない黒髪を背中に長く垂らし、いつもカメオ付きのブラウスだとか、ドレープやフリルをたっぷりとったクラシカルなロングワンピース――殆どドレスと呼んでも差し支えなさそうな、だとかを着ていた。

島――筧家は孤島にあるのだ、の住人たちは月子の服装の出処を訝しんでいたが、月子が後に語ったところによると、何のことはない、それらは首都圏にあるそう云った洋服の専門店――クラシカルロリィタファッションメゾン、からの通販なのだそうだ。

＊

月子の母親は、華と云い、その名の通り、派手好きで軽薄な人物だった。島の単調な暮らしに飽き足らず、華は月子が二歳になる前に出奔した。

筧家には、幼い月子とその父親・三十八歳の筧忠緒が残された。

忠緒のぎこちない養育のもとではあったが、月子はすくすくと、しかも可憐に美しく育って行った。

＊

忠緒の日記と月子自身が筆者に証言したところによると、月子は華が出奔したころから言葉を覚え、用いるようになっていったそうだ。

話し相手は、専らメアリー人形。

「わたくしが生まれてから一等初めに話した相手は、おそらくメアリー人形ですわ。そう

でしょう、メアリー?」

メアリー人形を抱いて、筆者の面前に現れた筧月子は開口一番そう云った。尤も筆者に向かって云ったのは前半だけで、後半は、どう贔屓目に見ても胸に抱いたメアリー人形に向かって月子は同意を求めた。

それから、もう一度筆者に向かって、月子は云った。

「ねっ」

筆者は動揺した。月子があまりに魅惑的なのとまるで「いまメアリー人形が同意して呉れたでしょ?」と云わんばかりの様子にひるんでしまったのだ。

動揺を気取られないように、幾分声を落として筆者は月子に尋ねた。

「あの、月子さん、」

「なんですの、ええとカズオ……さん? でよろしかったですよね?」

先程、一度挨拶をしたときは、メアリー人形の金髪を梳るのに童女のように夢中になってみえた月子はこちらの口上など、ろくすっぽ聞いていないに違いないと思いこんでいたため、唐突に自分の名前を呼ばれて筆者は狼狽えた。

——いや、もう筆者はやめよう。

月子がぼくのことを俎上に上げた以上、顔のない第三者的呼称は相応しくないだろう。

ぼくは狼狽えた。

「はい、筧一緒《カズオ》です。聞いてたんですね」

「ふふ、わたくし、頭善いから」

思いがけない月子の返答にぼくが面食らっている隙に、月子は言葉を続けた。

「ふたつのことを同時にこなすなんてお手の物よ」

なかなか云う。月子は意外に天然なのかも知れない。

「ところで、一緒《いっしょ》と書いて一緒《カズオ》って、ほんとう？　できれば、由来が知りたいな」

月子が云い、その話題なら慣れたものなのでぼくは少しホッとした。

「なに、簡単なことですよ。月子さんとぼくの母親・華のふたりの夫、月子さんの父親である忠緒さんと、華が筧家を出奔した後内縁の夫として共に暮らした宮地一から、それぞれ一字をとったそうです。ふたりの父親に肖ってるのよ、が母・華の口癖でした」

ぼくの話を月子は興味深そうに聞いていたが、やがて云った。

「華さんはユニークな方だったのね。まあわたくしの母親でもあるわけだけど」

「母の記憶は？」

尋ねたぼくに月子は頭を振った。

「それがまったくと云って善いほどないのよ。薄情なのかな、わたくし」

月子の物云いが幾分砕けたものになってきたのを感じ、ぼくはこの初対面の姉に少し親しみを覚えた。こんな大仰ななりをしているけど、このひとは案外素直でチャーミングな

のかも知れない。

思わず、此処に来た本来の目的を忘れそうになったぼくは、慌てて気を引き締めて、次に云うべき言葉を探した。

「月子さん、メアリー人形のことですけど。先程、一番最初の話し相手だとおっしゃいましたよね？」

ぼくが筧家に乗り込んできたのは、口煩い親戚連に送り込まれたからだ。

ひと月前、忠緒が亡くなった。

あまりの奇怪さに発表は控えられたが、はっきり云って、怪死だった。

まず、死相が異常であった。恐怖、驚愕、苦痛、言葉にするならそのようなものが綯い交ぜになったような表情。

次に、腹部に薔薇色の無数の薔薇文様の痣が浮かび上がっていた。

第三に、外傷がまったくと云っていいほどないにも関わらず、臓腑と云う臓腑がナイフで掻き混ぜたようにぐちゃぐちゃに損傷していた。

「月子さんはメアリー人形と話ができるんですか？」

第四に、筧月子が「父親を殺害したのはメアリー人形である」と証言しているのである。

「ええ」

月子が首肯く。まるで、「そこになんの不思議がありまして？」とでも云わんばかりの

軽い調子で。

「月子さんにはメアリー人形が云っていることが判るんですか？　その、ぼくには、メアリー人形の声が聞こえないもので」

自分の初めの質問があまりに突飛に聞こえたため、ぼくは控えめにつけ足した。

「ええっ？　一緒さん、聞こえないんですの？」

心底意外だと云う風に、月子は尋ね返してくる。

「ええ、残念ながら」

云うと月子はさらに尋ねてきた。

「ほんとうに？」

「はい、ぼくには、聞こえません」

応えながら、ぼくは訝しく感じた。月子にこれを告げたのは、おそらくぼくが最初の人間ではないだろうからだ。警察の人間は勿論告げただろうし、ぼくの前に筧家に乗り込んだ大阪の叔父も当然告げた筈だ。

「月子さん、他のひとにはメアリー人形の声が聞こえるんですか？」

ぼくは訊いてみた。

「それは判りませんわ。他の人間には、メアリー人形は言葉を発していないのですもの」

月子はそう応じた。

「では、ぼくに対しては、メアリー人形はなにか話して呉れているわけですか？」

ぼくはことの成り行きにいささか驚きながら、そう訊いてみた。驚いたのは、月子の口調が平静そのものだったからだ。

「ええ。どうやら、一緒《カズオ》さんが気に入ったみたい。先程から煩いくらい話していますわ」

それから、月子はメアリー人形に向き直り、こう付け加えた。

「違うわよメアリー。煩いくらいは言葉の綾。煩いなんて、わたくし、思ってないって」

どうやら、メアリー人形が月子の発言にケチをつけたらしい。悪いとは思いつつ、ぼくは少し笑ってしまった。

そのときだった。記録用に卓子に置かせて貰っているICレコーダーがジジジとノイズを立てた。このノイズ……もしかして……？

ぼくは自分の仮説を確かめるべく、赤いICレコーダーを手に取った。

「ちょっと失礼」

ふたりに云ってから、ぼくはデータを少し巻き戻した。ぼくの仮説とはこうだ。ジジジ、と云うあのノイズ。あれはICレコーダーがメアリー人形の声を拾ったときに出るものではないだろうか？

再生してみると、仮説は当たっているようだった。イヤホンから聞こえてきたのは、次のようなやりとりだった。

「〜から煩いくらい話していますわ」

月子の声が聞こえた。

「煩いとはあんまりな云い草ぢゃないこと？」

普通に話しているときには聞こえなかった声が不服げに割り込んできた。

これがメアリー人形の声！　半信半疑ながらも、認めざるを得なかった。先程の会話ならまだ鮮明に覚えているからだ。

実はぼくが、筧家に乗り込んできたのは大阪の叔父の差金だ。メアリー人形と話ができると云う月子の精神鑑定を依頼されたのだ。ぼくは大学で精神科の准教授をしているからだ。

だが、どうやら精神鑑定をする必要はなさそうだ。メアリー人形は確かに話をする。

或いは、月子と話をする間に、ぼくの精神が急速に病んだのでなければ、だ。

ぼくはICレコーダーの録音スイッチを入れた。と、イヤホンから揶揄うような声が流れてきた。

「月子ー！　一緒《いっしょ》さんが失礼なことを考えてるわよ！」

メアリー人形の声だった。ぼくはぎょっとした。メアリー人形にはひとの考えが読めるのか？

「メアリー、一緒《いっしょ》さんは悪いわよ。一緒《カズオ》さん、なんですの？」

月子がメアリー人形を　めてから、ぼくに尋ねる。

「いや、なんでもないですよ」

ぼくが応えたのをメアリー人形が遮った。

「騙されちゃダメよ月子。一緒《いっしょ》さんたらね、」

「わーーーー！」

さらに言葉を連ねようとするメアリー人形をぼくは慌てて遮った。

「ふふふふ」

そんなぼくの様子にメアリー人形は笑みを漏らした。

「なんなの？　メアリーも気味が悪い」

月子ひとりが怪訝そうな様子だ。

「一緒《いっしょ》さんとメアリーの秘密。ねっ」

メアリー人形がぼくに向かって云う。ぼくは急いで首肯いた。

それにしても、メアリー人形の声は、なんと形容すべきだろうか。ちょっと聞いただけでは、声優が演じる幼子のように高く可憐な声なのだが、メアリー人形の声には、それだけでは到底片づけられないような、得も云われぬ深みが加わっているようにぼくには感じられた。

＊

月子の精神鑑定の必要はなくなったにせよ、ぼくにはまだ使命が残されていた。月子の父である忠緒の死の真相を月子の口から訊き出すこと。それが大阪の叔父から与えられた第二のミッションなのだ。

大阪の叔父も当然、訊き出す努力はしようとしたらしい。しかし、月子にけんもほろろにあしらわれてしまったそうだ。

「なんや、あの女。けったいな格好しよってからに。おまけに、あの妙ちくりんな人形！兄貴の日記を持ち出すのがやっとやったわ～」

大阪の叔父は、云いながら、ぼくに忠緒の日記帳を手渡してきたが、ぼくの見たところ、日記帳は忠緒の死の真相を解き明かすのに、さして役立つようには思われなかった。

なんと云っても、日記帳の記述は華が出奔したことの衝撃に始まり、二十五年前の六月三十日の「明日で月子が十四歳になる」と云う記述で唐突に終わっていた。

この最後の記述こそが、

「あの女が兄貴になんかしよったちゅう、なによりの証拠や」

と日記帳を前に、大阪の叔父はまるで鬼の首でも穫ったかのように、ぼくに向かって力説した。

「そうですかね……」

とまるで気のない返事を返したぼくに、叔父は猛り狂った。

「なんや一緒、違う云うんか？　ほな、お前の考えとやらを云うてみぃ」

ぼくは弱りながらも、おずおずと口を開いた。

「いや、ぼくにはこれと云った考えなんてないですけどね、さすがに二十五年も前の記述とひと月前の忠緒さんの死を結びつけるのは、無理がありすぎるでしょう、と思うだけですよ、」

叔父はそれでも尚も云い募る。

「せやかて一緒、六月三十日云うたら、兄貴の死ぬ前の日やないけ！」

叫ふ叔父に幾分呆れてしまい、冷ややかにぼくは応じた。

「二十五年も前の、ね」

叔父はさらに叫ふ。

「なんや一緒、お前、えらい冷たいな。仮にも、兄貴はお前の父親やないか！」

ぼくはだんだん、この叔父にまともに付き合っていることにうんざりしてきた。

一度も逢ったことのない義理の父親の死に実感が持てないからと云って、冷血漢扱いを

されたのでは堪らない。ぼくだって一応、三年前に母の華が亡くなったときにはひとなみに泣いたのだ。

　ぼくは叔父との不毛な会話を切り上げるべく、半ば強引に話を纏めた。

「判りましたよ、月子さんに逢ったらそのあたりのことをしっかり訊きますよ、『二十五年前の七月朔日になにがあったんですか？』って」

*

　ぼくは話のきっかけを探しデイバッグを弄ると、忠緒の日記帳を出した。

　古びた大学ノートを月子はもの珍しげに眺めた。月子のその反応から、半ば応えを予想しながらも、ぼくは一応尋ねてみる。

「月子さんはこのノートがなにか、ご存知ですか？」

「いいえ」

　案の定、月子は知らないようだ。

「これは忠緒さんの日記帳です」

何気なく口にしたぼくのひと言に対して、月子は過剰なまでの反応を示した。自分で自分を抱きしめるようにして小刻みに震えている。貌も蒼白だ。

突然のことにぼくはぎょっとした。

「月子さん？　月子さん、だいじょうぶですか？　いったいどうしたんですか？」

ぼくの呼びかけに、応じたのはしかし、メアリー人形だった。

「そんなに慌てなくても、月子ならだいじょうぶよ、一緒《いっしょ》さん。相変わらず忠緒関係の不意打ちに弱いだけ」

メアリー人形は気安く云うが、ぼくは気が気ではなかった。

「でも……、」

……と、月子が我に返ったように、弱々しい笑みを浮かべて口を開いた。

「メアリーの云うとおりよ、一緒《カズオ》さん、わたくし、ただ、吃驚してしまったの」

幾分、掠れた声だった。月子はつづける。

「それに、なにか書いてあったら、と思うと怖くて……一緒《カズオ》さん、お読みになりまして？」

月子にとって、忠緒の日記の何処にそんな恐れることがあると云うのだろう。

しく感じながらも、月子を安心させるべく、ぼくは云った。

「月子さんが心配するような記述など一切ありませんよ。殆ど一文だけの簡潔なものですし。第一、この日記は大変古いんです。華の出奔に始まり、二十五年前までで記述は途切

れています」

此処まで云ったところで、大阪の叔父から与えられたミッションをぼくは思い出した。

それで、つけ加えた。

「より正確を期すなら、二十五年前の六月三十日までです」

「二十五年前の六月三十日まで……」

月子が力なく繰り返した。衝撃を受けているように見受けられた。

ぼくは重ねて尋ねてみた。

「なにか、思い当たることでも……？」

月子は応えない。

代わりにイヤホンから聞こえてきたのは、メアリー人形の声だった。

「その訊き方は卑怯ってものだわ、一緒《いっしょ》さん。そんな遠回しにしないで真っ正面から訊くべきだと思うわ」

メアリー人形はそこでいったん言葉を切ってから、先程まではやや趣きの異なる声を出した。

その響きを耳にした瞬間、ぼくの全身の毛穴と云う毛穴がゾワリ、総毛立った。

ぼくは唐突に思い出した。

相手が、五百年だか六百年だか、とにかく悠久のときの流れの中を、生き抜いてきた永

遠にも近しい存在である、と云うことを。

「ねぇ月子。一緒《いっしょ》さんたら、わたしたちにこう訊きに来たみたいよ、」

メアリー人形は勿体ぶった口調で云った。

次に、メアリー人形が云うことは容易に想像がついた。大阪の叔父から託された『ミッション』について、言及するに違いない。

止めなければ！

ぼくは焦った。ぼくは既に、『ミッション』を放棄する決意を固めていたからだ。先程からの月子の憐れな取り乱しようが、ぼくに決意させたのだ。

ぼくには、いや何人たりとも、これ以上、このたおやかなひとを傷つけることは赦されない！

ぼくは奇妙にすとんとそう思ったのだ。感じたと云うほうが妥当かも知れない。

背景に、月子に急速に牽かれて行っていると云う現実が厳然と横たわっていることも、また事実だった。

＊

しかし、ぼくの浅い恋心や焦りなどは、メアリー人形の悠久を前にしたら塵ほどの価値も持たないらしい。ぼくの内心の変化だって当然読み取っている筈なのに、メアリー人形は意に介さなかった。

そして、当然のことながら、メアリー人形が声を出す仕組みひとつ判らないぼくに、メアリー人形を止めることなど不可能だった。

メアリー人形はついに、甘やかな睦言でもあるかのように艶めいた声で、禁断の問いを発した。

＊

＊

「月子、二十五年前の七月朔日に、いったいなにがあったの？」

メアリー人形がそう云い放った刹那、月子は恐怖の表情を浮かべ、短く鋭い悲鳴を上げ、ソファに倒れ伏した。

「イヤッ!」

月子が弾みでソファから落ちかけ、

「月子さんっ!」

ぼくは急いで駆け寄ると、その躰を抱え起こした。

「だいじょうぶですか?」

「一緒《カズオ》さん……ありがとうございます……」

ぼくは月子を抱いた腕に力を込めた。ぼくを見上げた月子の眼差しがあまりに弱々しくてしっかり抱いていなければ、そのままくずおれてしまいそうに思えたから。

「申し訳ありません、月子さん。軽率にあんなものを持ち込んで。考えてみれば忠緒さんが亡くなって、まだひと月なんだ。配慮が足りませんでした」

謝ると月子はふんふん頸を振りながら、しがみついてきた。

「いいえ、いいえ。一緒《カズオ》さんはなにも謝るようなことはしていないわ。……忠緒の日記についても訊くのは当然だわ……それをこんな風に取り乱して……ごめんなさい。でもお願

い、いまだけこのままで居させてください……」

「月子さんがそれで落ち着けると云うなら……」

しばらく抱き合っていた。……と、イヤホンから冷ややかな皮肉が聞こえた。

「麗しい姉弟愛は結構だけどおふたり共なにかお忘れではなくて？　いつになったらメアリーを顧みてくださるのかしら？」

「メアリー人形！」

　ぼくたちは異口同音に叫ふ。どうやら、メアリー人形は月子が倒れ伏したときに床に投げ出されたらしい。月子がメアリー人形を助け起こし、ソファに座らせる。

「ごめんなさい、メアリー」

「月子、愛しの一緒《いっしょ》さんに話す勇気は出たの？」

「ええ。……一緒《カズオ》さん、妙な振る舞いばかりでごめんなさい。実は……ああどう話せば善いかしら？」

「月子さん、無理することはない。ぼくのことなら介意わない」

「いいえ一緒《カズオ》さん、打ち明けさせて。……二十五年前の七月朔日はわたくしの十四歳の誕生日でした。その日に父、いやあんな悪魔、父親ではないわ……忠緒はわたくしをレイプした。それからも毎日のように……」

　云うなり月子は泣き伏した。ぼくはあまりのことに呆然としつつも、月子のうすい肩を

抱いた。そして、我知らずこう口走っていた。

「もう泣かないでください月子さん、死人を悪く思いたくはないが、忠緒はクズだ。あなたはたったひとりでよく耐えた」

「いいえ一緒《カズオ》さん、いいえ……わたくしはひとりきりではありませんでしたわ。幾度となくメアリー人形が助けて呉れた。それどころか、大半、わたくしと入れ替わって、身代わりになって呉れた。忠緒を呪い殺して呉れたのもメアリー人形です」

ぼくはどう応じれば善いか判らず、月子の繊い黒髪を撫でつづけた。

「あなたはもうそんなことは忘れるべきだ。そうだ、こんな島は出て、ぼくの家でぼくと暮らしませんか？　勿論、あなたの大切なメアリー人形も、素敵なお洋服や靴も一緒に」

ぼくは、殆ど熱に浮かされたようになり、月子に囁いた。

「一緒《カズオ》さん……」

月子はごくゆっくりと、ぼくの胸に頭を凭れさせかけてきた。その行動がぼくには、ぼくの誘いへの承諾の表明に思えた。愛しさと幸福感に満たされ、満ち足りた心持ちで、ぼくは腕の中の月子を感じていた。

＊

そうしているうちに、ぼくも月子も寝入ってしまったみたいだった。どのくらいの時間が経過したのだろうか……？

イヤホンから聞こえる声でぼくはふと目を覚ました。

「ゆえ、ゆえ、ねぇゆえったら、いつまでそうしてる気？　ずるいわよ、ゆえ」

メアリー人形の声ではないようだ。月子の声に似てるな……未覚醒の頭でぼくはふと思った。……と、腕の中の月子が目覚めたのか、もぞもぞと身動きをした。そして、なんと云うことだろう、メアリー人形の声で云った。

「なぁに、月子？」

ぼくはぎょっとして、腕の中の月子を見遣った。

月子はぱっちり眸を開けていたが、その眸がどうした光線の加減か、僅かながら紫がかって見えることが、ぼくの注意を引いた。

ぼくはすっかり動揺して月子の躰を揺さふった。

「どうしたんだ、月子さん。しっかりしてください」

「だからぁ、」

月子の姿をした月子ならざるものは、面倒臭そうに髪を掻きあげながらメアリー人形の

声で云った。

「月子はいまはあっち」

そうして、ソファの上にちょこんと座っている本物のメアリー人形を指さした。

ぼくは、本格的に混乱をきたした。

「えっえっ……」

「だからぁ、いまのあたしは『ゆえ』なの。ちょっと月子、一緒さんに説明してあげて」

イヤホンから月子の声が聞こえた。

「月子の月の中国語読みが『ゆえ』。忠緒からわたくしを守るためにメアリー人形がわたくしと入れ替わった状態が、ゆえ。ゆえはわたくしの身代わりになって呉れただけではなくて、忠緒に抱かれるたびにその精力を吸い、強くなって行った。そうして最後には精力を吸い尽くして、忠緒を呪い殺して呉れたわ」

「……月子さん」

信じ難い話だった。しかし、腕の中のゆえは紫がかった不思議な眸でぼくを覗き込んできた。

「判った、一緒《いっしょ》さん？　月子を選ぶってことは、もれなくあたしたち、ゆえとメアリー人形も、引き受けることになってくるってわけ。覚悟は善くって？」

そう云ってにやりと笑うと、急にガクリと意識を失った。

「……！　月子さん！」

「月子ならだいじょうぶよ。ただ、少し眠ると思うわ。入れ替わったらいつもそうなの」

再び、イヤホンからはメアリー人形の声が聞こえるようになった。

「きみはほんとうに、メアリー人形なのか？」

ぼくは混乱した頭を少しでも整理しようと、人形に話しかけるなんて……と少し躊躇いながらも、メアリー人形に訊いてみた。

「それに先刻のゆえ。あれはほんとうにきみなのか？」

メアリー人形はクスクスと笑いはじめた。

「自分の眸が信じられないみたいね、一緒《いっしょ》さん。先刻から見聞きしたとおりよ」

そして再び、ぼくの全身を総毛立たせたあの響きで付け加えた。

「ひとつ、特別に秘密を教えてあげる」

ぼくはその声にゾクリとした。

「メアリーは別に月子を助けた心算はないの。メアリーが力を持って生き永らえるためには、定期的に生体エネルギーを摂取する必要があるの。忠緒がたまたま実の娘に欲情するような変態だったおかげで、メアリーはあの可哀想な月子を利用できたわけ。あっ、月子には内緒ね。メアリーと一緒《いっしょ》さんの秘密にして頂戴」

メアリー人形がそんなことを云い、ぼくは驚愕して眠っている月子を眺めた。

それではあんまりではないか！

＊

「あれ？　……わたくし、」

月子が目覚めた。ぼくはこのひとをメアリー人形の呪縛から解き放ってあげたい、と切に願ったが、その方策は一向に思いつかなかった。

ぼくはとりあえず、月子に話しかけた。

「月子さんっ！　月子さん、ぼくが判りますか？」

「一緒《カズオ》さん……」

「そうです。ではあなたは月子さんなわけだ」

「どう云うこと？」

「先程のゆえは？　あなたは先程、ぼくに説明して呉れましたよね？」

「一緒《カズオ》さんのおっしゃてることがわたくしにはよく判りませんわ、ごめんなさい」

月子が申し訳なさそうに云うのを聞き、ぼくは吃驚した。

「ほら、月子さんとメアリー人形が入れ替わったあいだのゆえですよ。月子さんはご存知

の筈だ。それとも、記憶がありませんか?」

「メアリー人形と入れ替わってるあいだ、わたくしはなにも判らなくなりますの」

月子はしずかな声でそう応えた。

それではすべてがメアリー人形の差金なのか?

「そうですか……」

もしくは、月子の無意識のなせる業か?

そんな疑いさえ、湧いてくる。そのくらい、先程からの出来事はぼくにとって、衝撃的だった。

＊

しかしいずれにせよ、ぼくには確信があった。自分はどうしようもなく月子に牽かれている。

たとえ、これがぼくの寿命を縮める禁断の恋だとしても。

二十五年後、忠緒と同じ運命がぼくを待ち受けていたとしても。

「月子さん、ぼくと生きてくださいませんか？」

「……はい」

月子の承諾を聞き、ぼくは水を注される前にと慌ててイヤホンをむしり取った――

……。


（了）

俺らの敗因、つーか勝因！

ミカヅキカゲリ

1

俺らの敗因、つーか勝因は、なんつっても距離が近すぎることだと思う！　俺らと云うのは、俺・麻生拓海《あそうたくみ》と黒川日向《くろかわひなた》のことだ。幼なじみで、親たちも学生時代からの仲良しな上に、家も隣同士と来てる。

いまは、中3の冬。1月はじめなので、ともに高校進学を目指す受験生である俺らにとっては、けっこう重要な時期で、先刻《さっき》から俺は日向の勉強を見てやっているところだ。

俺らはともに学区トップの進学校への進学が希望なのだが、学年トップの俺と違い、日向

の学力はかつがつ合格圏内に引っかかるかどうか、と云うところだからだ。


「ねえ、み～たん」

日向がドリルから貌《かお》を上げて、俺を呼んだ。

「ん？　どうした、ひな……」

俺は何気なく応じかけて、ハッとして抗議する。

「日向、お前なあ、いいかげんにそのふざけた呼称をやめろよ……力抜けんだよ、それ」

だが、日向は動じない。

「善いぢゃん、拓海なんだから『み～たん』。可愛くて」

「莫迦《ばか》。俺は男だ、可愛くなんて……」

声を荒げたのに、何故だか日向は微笑んだ。眩しくて直視できないほどに鮮やかな微笑み。

そして、真剣に云う。

「俺には可愛いよ？」

どきっとした。

日向の貌《かお》をまともに見れない！

「ぱ、莫迦《ばか》！　それよりもなんだよ、俺を呼んだ理由は」

「ああ」

焦っている俺には介意《かま》わないで、日向は鷹揚に云う。

そして、ドリルの練習問題のひとつを指さす。

「これが判らないぢゃ」

「どれどれ……なのぢゃ？」

俺らは基本的に仲良しなので、どちらかが珍妙なことば遣いで話しはじめたら、もうひとりは無条件に珍妙なことば遣いに合わせると云うことになっている。

たふん、幼稚園の頃から踏襲されてきた、ふたりのあいだの暗黙の諒解だ。

練習問題は、俺には『どうしてこれが判らないのか、判らない』と云ったレベルのものだった。

それで俺は率直に云った。

「ほんとうにこれが判らないぢゃか？　そなたは昨日も同じようなところにひっかかっておったぢゃ。昨日も説明したようにこれはこの公式を応用するぢゃよ」

「そうであったぢゃか。なるほど～」

うれしそうに日向は歓声を上げた。まったく……無邪気なものぢゃ……！

「さんきゅ、み～たん」

「……だから、日向、呼称……！」

「まあまあ」

日向のにへらとした云い方に、毒気を抜かれて俺は黙り込んだ。

俺のアドバイスを受け、しばらく参考書と睨めっこをしていた日向がおもむろにドリルの練習問題に向き合いはじめた。

真剣な貌《かお》をしている。

俺は無聊を託《かこ》ちながら、日向を眺めた。

日向は全体的に色素が薄い。

陽に透けると時折、金髪にさえ見えるさらさらの髪。長めで、眸《ひとみ》に掛かりそうに見えて掛らないくらいの絶妙な位置で大胆に切り揃えられている。それが日向の特徴的な眸《ひとみ》を印象的に見せる。この前髪の絶妙な長さが、日向の最も目立ったところで、それはすなわち眸《ひとみ》が印象的だと云うことなのだけれど、この前髪に拘泥《こだわ》っているのが蔦子さんだ。蔦子さん

は、日向の母親なのだが、美人な代わり、かなりの変人でもある。息子の日向を偏愛していて、まあ日向はけっこうな美少年だから無理もないのかも知れない、『わたしは日向の総合プロデューサーなの』が口癖だ。

俺は日向をもういち度じっくり眺めた。絶妙な前髪の下に、印象的な眸《ひとみ》がある。いまは、練習問題に向き合っているから伏せられていて、長い睫毛だけが見える。だけど俺は知っている。日向の眸《ひとみ》はやっぱり色素が薄いのか、灰色がかっている。そうして右側の眸《ひとみ》をよく見ると、灰色の中にわずかに緑っぽい色素が混じっていて、仔猫の眸《め》を思わせる。その眸《ひとみ》でじっと見つめられると、長い付き合いのいまでもたじろがずには居られない。逆に不思議な色合いを覗き込むと、吸い込まれそうな何処かとおい気持ちになってしまう。それは心許ない気持ちだけれど、俺は意外と厭《きら》いぢゃない。

色白の日向は色の白さを際立たせる濃紺のセーターを身に纏っている。おそらくこれも、『総合プロデューサー』・蔦子さんのセレクトだろう。合わせるボトムは、ホワイトジーンズ。中3でホワイトジーンズを着こなせるのは、日向ぐらいのものだろうと俺はこっそり思っている。濃紺のセーターはタートルネックのリブ編みで、頸《くび》の長い日向はタートル部分を折らずに着ている。

練習問題が終わったらしい日向が不意に貌《かお》を上げた。日向にぼーっと見惚れていた俺は、きゅうにマトモに眸《め》が合って動揺した。

「終わったにゃ」

今度は語尾に『にゃ』がついているので、俺らの掟に従い、俺もそうしなければならない。

「見せるにゃ」

俺は日向のドリルの採点をはじめた。昨日までより、ずっと善くできている。これなら、志望校もけっこう確実かも知れない。

「どうにゃ？」

日向が寄ってきた。

近い。

頬が触れそうに近い。

動揺したのを悟られないように、かるく咳払いをしてから俺は応えた。

「善い線、いってるにゃ」

「ほんとうにゃ⁉」

日向はうれしそうに微笑んだ。

「つぎは、お前の苦手な古文をやるにゃ！」

俺が云うと日向は不満気な声を上げた。

「み～たん、足りないにゃ」

「何がにゃ？」

「褒め言葉もご褒美も休憩もおやつも、何もかも圧倒的に足りないにゃ」

褒め言葉と休憩はともかく、あとのふたつは何だ。

「ご褒美とおやつとな。それは余計であろう」

俺は『にゃ』語尾に飽きて、またことば遣いを変更した。

「善いではないか。それくらい与えられても善かろうて」

日向の返事は、もはや何が何だか判らない。

「悪くはないが……。しかしお主、その恥ずかしい呼称はやめい」

「何故やめねばならぬ。お主に似おうておるぞ」

「何処がであるか！　しかも、ご褒美まで求めるとは図々しい奴め！」

もはや俺も訳が判らなくなってきた。

「ご褒美だけではないぞ。おやつも褒め言葉も休憩もである」

日向は真顔で云う。俺は思わず、吹き出した。

「判った判った、お主の勝ちであるぞ。して、何を望むか？」

「まず、褒め言葉」

「善くやったぞよ。これで善いか？」

「まあまあである。つぎに、ポテチと休憩」

「善かろう。与えてやろうぞ」

俺は、階下におやつを取りに行くため、立ち上がった。

「アップルジュースも！」

部屋を出る直前、日向のふざけたリクエストが聞こえた。


冷蔵庫を探したけれど日向ご所望のりんごジュースは見当たらず、俺はトマトジュースの紙パックを手に取った。日向と買い物に行った折に、Francfrancで求めた蒼い硝子のグラスをふたつ出して、ジュースを注いだ。このグラスは4つセットだったのだけれど、うちは3人家族なので必然的に最後のひとつは、日向専用になっている。

トマトジュースのグラスは赤系のアクリル毛糸で俺が手編みしたアクリルコースターの上に置いた。このアクリルコースターは、案外、便利な代物で食器洗いスポンジにもなるか

ら、俺は母上に強請られて、よく作っている。実は俺の趣味は手芸なのである。

ほかには、パソコンを使ったデザインとかホームページ作りとかも趣味だと云えると思う。デザインはPhotoshopやIllustratorで、ホームページ作りは最近は専らTwitter社のフレームワークであるBootstrapで、やっている。

それから、おやつの入っている真っ赤なスチールロッカーの扉を開けてポテチを探す。Pringlesのサワークリームオニオンとピザポテトがあり、悩んだ末、俺は両方をトレイに乗せた。白地に蜜柑色のドットのトレイ。蔦子さんからうちの母上に贈られたもので、黒川家には正反対の色遣い、つまり蜜柑色に白のドット、のものがある。

トレイを持って部屋に戻ると、なんと日向は微睡んでいた。

「まったく。わずかな隙に。警戒心の欠けた奴だ」

ちいさな声で呟いたのに、日向は反応する。

「ん？　み～たん？　ご褒美は？」

「何、寝ぼけてんの、日向？　おやつだぜ」

「ご褒美が先が善いなり」

「先刻《さっき》、自分で、休憩とおやつって云ったなりよ」

「気が変わったなり。ご褒美が先が善いなり」

「そんなの知らないなり。だいたい、いつ、ご褒美をあげるなんて云ったなりか？」

俺の云い分は、しごく尤もだと思うが、日向は駄々っ子のように厭々をする。

つい、可愛いと思ってしまう。

「何が所望なりか？」

「み～たんのキス百万回！」

「莫迦《ばか》」

相手にせず、卓子《テーブル》にトレイを置く。

「み～たんのケチ！」

日向はむくれて、プイとそっぽを向いた。

その拗ねた様子が愛らしかったので、俺は少しだけ甘やかすことにする。

「ぢゃあ、一回だけなりよ」

「やったなり！」

俺は日向の顎を持ち、上を向かせた。

不思議な色合いの眸《ひとみ》を覗き込んだ。

いつものようにとおい気持ちになりかけたところ、もう少し、見つめていたいと思うよう
なタイミングで、日向は眸《め》を閉じた。

俺は日向の唇をそっと吸う。

はじめ、ついばむようだったキスは、だんだんに熱さと激しさを増し、俺らは気づけば、
むさぼり合うように夢中で求め合っていた。

終わると、ふたりとも肩で息をしていた。

日向の眸は心なしか潤んでいて、頬から目元にかけて、上気していて、やたらと色っぽい。

そそるんだよな……、こいつって。

「ね、み〜たん……おかわり」

見上げてくる色香に一瞬、乗せられかけたけれど、あわてて気を引き締める。

「だーめ。さっさとおやつ食って、古文古文！」

「えー、み〜たんの鬼畜！　ひとのヴァージンを奪っておいて」

「ばっ莫迦《ばか》！　ひと聞きの悪いこと云わないでくれる？」

「だって、俺、み～たんがファーストなんだもん」

俺は少なからず、おどろいて日向に訊く。

「えっ、そ、そうなのか？」

「ダー。あっ、み～たん、はじめてぢゃないの？」

日向が不意に真顔になる。その勢いに俺はたじろいだ。

「いや、それはその……ほうぢゃ！　おまん、サワークリームオニオンとピザポテトとどっちを食いたいほ？」

「両方だほ」

短く応えた日向はおもむろに俺に詰め寄ってきた。

「それで、どうなほ？　どうなほ？　どうなほ？」

お、ひとりエコー、と思っていると、日向の印象的な眸《ひとみ》にみるみるうちに涙が盛り上がってきて、俺は盛大に焦った！

咄嗟に日向を引き寄せて、抱き締めていた。

「ごめん、日向。ごめんなほ……泣くなほ……」

抱き締められた拍子に躰《からだ》に力が入ったのだろう、日向は苦しそうにしゃくり上げはじめた。

「ん……ふっ……えっく、」

苦しそうな嗚咽を聞くのはつらくて、俺は日向をいっそう抱き締めた。

日向は落ちつこうと思うのか、ほおおーっと長く吐息を洩らした。


どのくらい、そうしていただろう……？　漸く日向の息遣いが正常に戻ってきた。

日向が泣きやんでも、俺は日向の華奢な躰《からだ》を抱き締めていた。

やがて、腕の中の日向が身じろぎをした。力を弛めると、日向はするりと俺の腕から抜け出した。

それから、改めて俺に向きなおる。

「ありがとうだほ」

バツの悪そうな表情《かお》をしている。

「気にすることないほ！」

声を励まして、俺が云うと日向はうすく笑う。

淋しげな微苦笑。

「気になるほ……ファーストキスは重大事なんだほ」

えーそっち？　内心でつっこみながら、けれど、罪悪感に駆られた。

「日向、俺……」

云いかけた俺の唇をそっと日向が指で塞ぐ。

「云わないで善いほ、ごめんなさいだほ、み～たん。……ほんとうは判っているんだほ……俺が欲張りなだけなんだほ……だいじょうぶになってみせるから。だから、お願い」

真剣な眸。無心に何かを見つめる仔猫を思わせる。

吸いこまれそうになりながら、訊く。

「なんだほ……？」

「キスのおかわり！」

云うやいなや、俺の躰《からだ》に身を投げるみたいにして、日向が唇を合わせてきた。

「んっ……」

日向が舌を入れてくる。日向の舌は吃驚するくらいに熱くてちょっぴり涙の味がした。

その熱い舌が俺の口中を縦横無尽に激しく舐るので、油断すれば快感の波に呑まれて、我を忘れてしまいそうになっていた。

やばい……うまい！

日向ったら、いつのまにこんなテクニックを……？

……なんだかキスだけでイかされそうになってんですけど、俺……！


「ご馳走様」

日向の声が何処か、とおいところで聞こえたから俺は日向を呆けたように見つめた。

そんな俺に向かって、日向はやさしく繰り返す。

「ご馳走様、み～たん」

意味が入ってくると、先刻《さっき》までの自分の低たらくが思い起こされて頬がカアッと熱くなるのを俺は感じた。

……イキそうになっていたことを気づかれたかな……？

気まずさを誤魔化そうとして、俺は日向に悪態をつく。

「何処が『お願い』だよ？　ひとの唇、勝手に盗んでんちゃねーよ！」

日向は悪びれることもなく、笑う。

「ハハッ、ごめんなさいだポ……」

そして、誠意の欠片も感じられない謝り方で謝られた！

それにしても、今度は『ポ』語尾かよ！

「誠意の欠片も感じられないポ」

「ほんとうにごめんなさいだポ……いまのキスも、先刻《さっき》理不尽に責めてしまったことも、ごめんなさいだポ！　俺にはみ～たんの過去まで、口出しする資格も権利もないんだポ。」

そこまでを一気呵成に云って、日向は微笑んだ。

そして、つづける。

「いまはまだ、み～たんが俺を拒まずに受け容れてくれただけでじゅうぶんなんだから……だけど、約束して？　いつか、み～たんが俺を好きになったときに聞かせて、ファーストキスのこと」

日向は真剣そのものだった。ことばもマトモである。

気おされて、俺は我知らず、首肯《うなず》いていた。


それから、俺らはおやつを食べることにした。

ポテチを口に運びながら、俺はこっそり考えていた。

先刻《さっき》、咄嗟に首肯《うなず》いてしまったのは、まずかったのではないのだろうか？

あそこで首肯《うなず》いてしまったと云うこと、イコール『俺が日向を好きぢゃないと云ったこと』になりはしないだろうか？

いや、『ぢゃあ好きなのか？』と問われれば、それはそれで応えに窮する、『very very delicate issue』なわけで、判らないわけだけど……。

2

俺は日向にキスをする。好きなのかは、正直、判らない。

日向も俺にキスをする。そして日向は俺を好きだと云う。


俺らの関係が微妙に変化してきたのは、ごくごく最近のこと。正確には去年末のクリスマスイヴのことだった。

「『恋人いない者同士』、クリパやろうぜ！」って俺の提案に乗った日向と、ふたりでパーティを催した。場所こそ俺の部屋だけど、ちゃんと飾りつけて、ドレスコードもしいた、本格的なクリパ。

前日にふたりで俺の部屋を飾りつけた。クリスマスツリーとクリスマスリースは勿論だけ

ど、ちなみにクリスマスリースは俺のお手製だ、色とりどりの風船を大量に買ってきて部屋に浮かべてみた。風船たちは、天井付近でふわふわと漂い、なかなかメルヘンな世界観の部屋になった。

昨夜俺は当然、この飾りつけの中で眠ったわけだが、眠りにつくまでカラフルな風船をぼーっと眺めていたせいか、よくは覚えていないがなにやら外国の遊園地に迷いこむと云うなんともファンシーな夢を視てしまった。

それはともかく、パーティの時間になって、プレゼントや料理やケーキの箱を抱えてやってきた日向を見た俺は、思わず絶句した。ドレスコードの解釈を間違えたとしか、俺には思えない、奇妙な盛装をしていたからだ。

日向は、紺のブレザーを着ていた。そこまでは善いのだが、それに何故か赤地にピンクのドットの蝶ネクタイを合わせていた！　蝶ネクタイ！　たしかに、パーティっぽくはあ

る。けれども、なんだか、珍妙な印象だ。

おまけに、あろうことか、真ん丸の伊達眼鏡までかけている。

これは……！

俺にはもうそのイメージしか、浮かばなかった。

……江戸川コナン！

俺は噴き出しそうになるのを懸命に堪えた。ポーカーフェイスを必死で保ち、『コナンくんのコスプレ』にしか、見えない日向に声をかけた。

「やあ、日向。どうしたの？　キマってるぢゃん？」

俺が云うと、日向は貌《かお》をほころばせた。そして応じる。

「そう？　ありがとう。選ぶのに、母さんと二週間も街中歩き回ったんだ」

『総合プロデューサー』・蔦子さんを混じえて二週間かかって、この仕上がり！　俺に云わせれば、『黒川家は笑いのセンスの塊か？』と云ったところだ！

ドレスコードを提案したのは、日向からだった。

部屋の飾りつけ方相談したタイミングだったと思う。おもむろに日向が云いはじめたのだった。

「ねえ、拓ちゃん」

この頃はまだ、日向は俺を『拓ちゃん』とマトモに呼んでいたし、俺らはしごくありきたりの幼馴染同士でしか、なかった。

「ん?」

スケッチブックに向かって、クリスマスリースのデザイン画を描いていた俺は、手は休めず、生返事だけをした。

「あー、拓ちゃん、聞いてないるぅ」

「聞いているるぅ。なんだるぅ?」

日向に合わせて、『るぅ』を語尾につける。ただし、デザイン画を描くのはやめていない。

日向はそれが不満らしく、付け加えた。拗ねたひとりごとめいた調子で。

「こっちも、見ないしるぅ……」

仕方ないから手を止めて、俺は貌《かお》を上げ、日向を見た。

俺は日向を見た途端、ぎょっとした。

日向は俺をねめつけていた。

「吃驚したるぅ！　そんなに、睨むことはないるぅ！　ふっちゃいくだるぅ」

俺が云うと、日向は途端に情けない表情《かお》になってしまった。

あ、やば……！　云いすぎたか？

これは盛大に来るぞ。

身構えていたのだけど、案に反して、日向は唇を噛んだ。

俯いている。

「るぅ……。ふちゃいく……」

ショックを受けたように、日向がちいさな声で呟くので、俺の心はキリリと痛んだ。心なしか、日向の声が震えている気がして、俺は動揺した。

「日向？　だいじょうふ？」

俺は、動揺を抑え、できるだけなんでもない調子で訊いてみた。

「拓ちゃん……ほんとうに？」

日向は消え入りそうな声で云う。

「なにが？」

ほんとうに判らなくて、面食らいながら訊き返す。

「俺、ふちゃいく？」

日向は仔猫のような眸《ひとみ》で俺を見て、そう訊いた。

とりあえず、泣いては居ないようだ。

しかし、そんなに気にするほどの冗談だろうか？　日向だってひと並に、自分が綺麗な容姿をしている自覚くらい、あるだろうに。

不思議に思い、俺は云う。

「冗談だよ。気にしてんの？」

日向は吐息を洩らす。

「冗談？　ほんとうに？」

「うん」

「なんだ、やめようよ！　めちゃくちゃ、落ち込みかけたぢゃん！」

日向が抗議する。調子が戻り、俺は内心安堵しつつ謝る。

「ごめん、ごめんだるぅ。でも、そんなに気にするような冗談ぢゃないるぅ……」

それは俺の本心だった。

「赦するぅ。だけど、気になるるぅ。ほかならぬ、拓ちゃんが云えば」

「え、俺だったら気になるるぅ？　なんで？」

何気なく訊くと、途端に日向は眸《め》に見えて狼狽えた。

「な、なんでもないるぅ！」

そのビビットな反応に俺は吃驚した。

「なんだるぅ？」

「なんでもないって云ってるるぅ」

日向はあきらかに狼狽えているにも関わらず、なんでもないと云い張る。余りにも無理があり、追求したいのは山々だったが、先刻《さっき》の二の舞は避けなければならないので、俺は追求を控えた。


「それで先刻《さっき》は何を云いかけたるぅ？」

話題を変えると、日向はホッとした様子。判りやすい！　揶揄《からか》いたくなるが、我慢する。

「そうだるぅ！　思いついたんだるぅ、クリパの日、せっかくだから目一杯お洒落するルールにしないかるぅ？」

日向が眸《め》を耀かせて云う。

「お洒落するるぅ？」

俺は訊き返す。

日向は頸《くび》を傷めるんぢゃないかと不安になるほどに首肯《うなず》いた。

「そうだるぅ！　盛装だるぅ！　えーと、ああ云うの、なんて云うっけ？　ドレスなんちゃらるぅ」

「ドレスコード？」

俺は云う。日向はうれしそうに貌《かお》をほころばせた。

「そうるぅ、ドレスコードるぅ！」

「なるほどるぅ。ドレスコードかるぅ……善いかもら」

俺は『るぅ』語尾に飽きて、ことば遣いを変えてみた。

「そうら？　善いと思うら？」

日向はさすがのものだ。さっそく、『ら』語尾に対応してきた。

こう云うところ、俺らはほんとうに仲が善いと思わずには居られない。

「思うら。善いアイディアだら」

俺が云うと日向は微笑んだ。

先刻《さっき》までのはいったい何だったんだろう？と思わずには居られないくらい、鮮やかに。

ちょっと見惚れてしまう類の鮮やかさ。

それを誤魔化すために、俺は云った。

「だゃあ、クリパはドレスコードをしくってことにするら！」

あのとき、あんなに張り切ってドレスコードを提案した日向。その、張本人である日向の盛装、日向の表現を借りるなら『目一杯のお洒落』をした結果が、江戸川コナンなのだ！

吃驚したどころではない。それこそ、俺は我が眸《め》を疑いかけたし、内心では三度見くらいしてしまった！

しかも、蔦子さんまで巻き込んでこれとは。蔦子さんはいったい何を考えて、日向にこんな恰好をさせたのだろう。蔦子さんのことだから、どう見えるかは承知していた筈である。

一瞬俺は、『蔦子さんに試されているのか？』とさえ疑った。どう考えても、蔦子さんがお気に入りの自慢の息子に意地悪をする理由が思いつかなかったからだ。

悩んでいる俺を他所《よそ》にに、日向は上機嫌で、料理を卓子《テーブル》に広げはじめた。

「母さんが、ローストチキンだけ焼いてくれたんだけど、あとは俺が頑張ったんだよ！

ケーキは昨日、徹夜した」

日向が云う。真ん丸の伊達眼鏡が光ったような気がして、俺は思わず噴き出しかけた。意識を逸らすため、日向の貌《かお》から視線を外すと、そこにはなんと蝶ネクタイ！

蔦子さんよ、俺にどうしろと？

「おお、豪華だな。ケーキも見せてよ」

必死の努力で俺は平静を保った。

日向は俺が手を伸ばしかけたケーキの箱をすばやく持ち上げた。

「だーめ、あと。拓ちゃん、冷蔵庫借りるね？」

云うやいなや、俺の返事も待たず、日向はケーキの箱を持ったまま、立ち上がる。

「えー！　善《え》いわい！　見たいわい！」

俺は、階下の冷蔵庫にケーキを入れに行こうと部屋を出て行きかけた日向に文句を云う。

「だめだわい」

振り返りもせず、云い残して日向は出て行った。

日向が階下《した》に行っている隙に俺は蔦子さんにLINEした。

『コナン、わざと？』

すぐに既読がついた。

『なんのこと？』

返信が来ると、俺は急いでスマホに打った。

『紺ブレに真ん丸眼鏡。おまけに蝶ネクタイ！』

今度も返信は即座に届く。

『日向に似合うでしょう？』

『だから、コナンでしょう、あれ』

『拓ちゃんへの銭別よ』

『どう云うこと？』

やりとりがテンポよく続いたが、そこまでで時間切れ。

階下《した》に行っていた日向が戻ってきた。

そうして、俺らは、クリパをはじめた。

乾杯の刹那、俺のスマホが震えていた。ちらりと眸《め》をやると、蔦子さんからのLINEみたいだったが、かなりの長文なのか、待受画面に一瞬よぎる通知だけでは、把握できなかっ

た。

日向が腕をふるったと云う料理は、蔦子さんが焼いたと云うローストチキンは除いたとしても、なかなかのものだった。

「美味しいにゅ！　日向、やるにゅ」

それで俺は、素直に日向を賞賛した。

「ありがとうにゅ！」

日向はうれしそうに微笑み、それから畏った礼をした。

そして、云う。

「拓ちゃんのリースもかなりのものにゅ。デザイン画のまんまにゅ」

俺が何かを作るのは、そう珍しいことではない。日向もそれはよく知っているはずで、いまさら目新しくもない筈だ。だから俺にはその褒め言葉は大して新鮮でもなかった。

だが……。日向の恰好が恰好なので、なんとなく面白く感じられた。

それはともかくとしても、日向にここまでの料理スキルが備わっているとは、思っても見なかったので、それは新鮮な発見だった。

実は、ちょっとだけ危惧していた部分もあったのだ。クリパの準備の分担を決めたのだが、すこし日向にばかり負担が行ってしまったような気が俺にはしていた。事前の色とりどりの風船を使った飾りつけはふたりで行う。クリスマスツリーは、俺のうちにもともとあるものを使う。俺が部屋を提供したからと云って、日向は、自分が料理全般とケーキを用意すると云い出した。比べて俺が担当したものは、デザイン画から製作までをやったとは云え、クリスマスリースのみ。

だけど、料理のクォリティーを見る限り、日向にはそう負担でもなかったかなと思えたため、俺はとりあえず安堵した。

とりわけ、チーズの効いたシーザーサラダが絶品で、俺は殆どひとりで食べていた。

「日向、シーザーサラダもうないのかにゅ？」

シーザーサラダはかなり大きめのサラダボウルにてんこ盛りだったのだが、余りに好みの

味だったのであっという間に食べ尽くしてしまい、俺は日向に尋ねた。

「ないにゅ。て云うか、もうじゅうぶん食べたにゅ！」

日向は若干呆れた様子。

仕方なく俺は、蔦子さんが焼いたと云うローストチキンに手を伸ばした。


食事のあと、俺らはケーキの前に音楽を聴くことにした。曲のセレクトは日向にまかせることにする。

俺のうちには、音楽鑑賞室がある。もともとうちの両親と蔦子さんは音楽大学出身なのだ。蔦子さんはピアノ科で、俺の母親は声楽科、父親は指揮科だった。今でも、3人は音楽好きで、よくうちの音楽鑑賞室に集まっては、音楽演奏や鑑賞を愉しんでいる。噂では音楽鑑賞室を作るにあたっては、蔦子さんも出資したらしい。

俺らは、音楽鑑賞室に移動した。日向は俺の作ったクリスマスリースを気に入ったと見え、音楽鑑賞室に持ってきていた。音楽鑑賞室には、CDやLPが大量にあり、日向の選択にはかなり時間がかかった。

結局、日向が選びだしたのはクリスマスらしく、Aled Jonesだった。Aled Jonesは、20世紀に『100年にひとりのボーイソプラノ』ともてはやされた少年で、俺らの生まれるずっと前、1980年代後半くらいに活躍した歌手だ。有名なところでは、『SNOWMAN』のテーマソング『a walking in the air』を歌っている。今聴いても鳥肌モノの歌声で、大人たちの影響で、俺らもちいさな頃から訊いてきた。

Aled Jonesのベスト盤をステレオにセットし、再生する。大人たち自慢の壁に埋め込まれた巨大なスピーカーから豊かな音が溢れ出す。

日向がちいさく口ずさんでいる。俺も知らず声を合わせていた。日向と此処で過ごすのは、なんだか久しぶりだ。前はよく此処で過ごしていたものだが、いかんせん今は俺らは受験生なので、勉強することのほうが多くなっていた。久しぶりに、俺は寛いでいた。変声期前の3つの歌声が重なる。

しばらくそうしていた。ベスト盤が2巡目の半ばに差し掛かった辺りで、不意に日向が口を開いた。

「あのさ、拓ちゃん、」

「ん？」

「俺、拓ちゃんに話があるんだけど」

「俺も日向に話がある」

日向の真似をして真剣に云うと、日向は何故か貌《かお》を赤らめた。俺は怪訝に思い、日向の仔猫のような眸《ひとみ》を覗き込む。

「な、に？」

「コナンくんだろ？　それ」

「……コナンくん？」

「『江戸川コナン、探偵さ』。ほら、『名探偵コナン』の」

「うそ……⁉」

「ほんと」

呟いて絶句する日向。

本気で気づいていなかったのか！

可笑しくなりながら、俺は云う。

いまや、可哀想な日向は耳まで朱に染めている。

「だって、母さん、『日向に似合ってる』って云ったよ⁉」

「蔦子さんにはめられたんだよ」

「嘘だ、母さん、『告白だってうまく行く』って」

「告白って？」

何気なく訊き返した俺だったが、日向の過剰反応には度肝を抜かれた。

日向はまず、盛大に赤くなった。それから、ふうっと深呼吸をした。

「あのね、拓ちゃん、日向は拓ちゃんのことが好きなのです」

「え、」

「日向は拓ちゃんのことが好きなのです」

日向はまったく同じ口調でくり返す。

俺は混乱した！

「えっと、好き……？　幼なじみとして？」

「ちがうよ。幼なじみとして好きなのは勿論《もちろん》だけれど、それ以上に、俺は男として拓ちゃんのことを好きなのです！」

日向がしずかに、けれども奇妙にきっぱりと云う。

俺は吃驚しすぎて、ちょっとの間、フリーズした。

「日向は拓ちゃんとキスだってしたいし、拓ちゃんを抱くことも躊躇わない！」

どきりとした。

そりゃあ、多様性にダイバーシティな世の中である。男が男を抱くこともあると云うことくらいは、認識している。

だけど……、

拓ちゃんを抱くことも躊躇わない！

……！

内心でリフレインする。かああっと、頬が熱くなった。

「吃驚した？」

沈黙を破って日向が云い、俺は一瞬、すべてたちの悪いジョークなんぢゃないか、と訝しんだ。

「吃驚したよ、莫迦《ばか》。冗談なら」

「ぢゃない。冗談なんかぢゃない。ひとの一世一代の告白をなかったことにしないでよ、お願いだから」

悲鳴みたいな声で日向は云う。

どきり。心臓を鷲掴みにされたみたいに感じた。

俺は日向のふしぎな色合いの眸を覗き込んだ。そうして、このちいさな美しい少年を守りたいと思った。少なくとも泣かせたくないと。

それで俺はこう云った。

「俺、いま、お前を恋愛対象としてはみていないし、これからだって、好きになるかは判らない。それでも、介意《かま》わないなら、付き合ってもいいよ？」

日向はぱあっと貌《かお》を輝かせた。

「ありがとう、拓ちゃん！　大好き！」

日向が帰ってから、蔦子さんからのLINEを読んだ。

蔦子さんの独白

日向からの告白はどうだった？　びっくりしたでしょう？　あの子は
ずっと拓のことが好きだったのよ。
どう答えたかしら？　拒絶した？　それとも受け入れた？
いずれにせよ、あなたに言っておくことがある。
日向は私のものよ。
今も昔もこれからもずっと永遠に私のものよ。
私のものよ。

日向をあんなに素直ないい子に育てあげたのは私だし。日向がどんなふうに感じるのか、どんなふうに喘ぐのか知ってるのは、私よ。私だけよ。あなたは日向に告白されて、有頂天かもしれない。だけど、日向はとっくの昔から私のものよ。

もう一度言っておくわ。

日向は私のものよ。

日向は私のものよ。


動画も届いていた。再生する。

日向が蔦子さんを抱いている動画。

「……！」

動転した俺は危うくiPhoneを取り落としそうになった。

どういうことだ、日向と蔦子さんが……？

どういうことだ……？

3

2月に入り、日向の成績も志望校の合格圏に安定して入るようになっていた。

それで俺は年末から気になって堪らなかった疑問を日向にぶつけてみることにした。

「なあ、日向」

「ん？」

日向があんまり無邪気な様子なので、次の言葉を俺は躊躇う。次の言葉は確実に日向を傷つけるだろうから。

「じつは、蔦子さんから妙なLINEをもらったんだ」

蔦子さんの独白

日向からの告白はどうだった？ びっくりしたでしょう？ あの子はずっと拓のことが好きだったのよ。

どう答えたかしら？　拒絶した？　それとも受け入れた？

いずれにせよ、あなたに言っておくことがある。

日向は私のものよ。

今も昔もこれからもずっと永遠に私のものよ。

私のものよ。

日向をあんなに素直ないい子に育てあげたのは私だし。日向がどんなふうに感じるのか、どんなふうに喘ぐのか知ってるのは、私よ。

私だけよ。

あなたは日向に告白されて、有頂天かもしれない。だけど、日向はとっくの昔から私のものよ。

もう一度言っておくわ。

日向は私のものよ。

日向は私のものよ。

日向はiPhoneを見るなり、絶句した。

「動画も届いた」

俺の言葉は日向に追い討ちをかけた。

長い沈黙——……。

やがて、掠れた声を日向は出した。

「母さんは変なんだ。『やめて』って何度も頼んだ。——でも……！　み～たん、俺を軽蔑していいよ」

「しないよ」

反射的に俺は云ったけれど、日向には届いていないみたいだった。

それで、俺は日向の肩を掴んで揺さぶった。

「日向、日向、俺を見て、」

「み～たん……？」

日向のふしぎな色合いの眸は硝子玉のように虚ろだ。

「俺は日向を軽蔑したりしない。蔦子さんが日向になにをしてようと。日向は悪くないだろ。蔦子さんのことは心底軽蔑するけどな」

「……み～たん、」

「ん？」

「抱きしめさせて」

「ああ、こんな時に気を遣うなよ、」

云うやいなや、日向に引き寄せられた。

日向は僅かに震えていた。その胸中を慮り、俺の胸は痛んだ。

「み～たん、触っても良い？」

「ん、」

日向が掠れた声で訊き、俺はどきどきしながらコクリと首肯《うなず》いた。


日向の手が俺の下半身をまさぐる。はじめはおずおずと、次第に大胆になってゆく愛撫に、浮きかけた俺の腰を日向が固定する。逃げ場を失った快感がとぐろを巻くように俺を駆け

昇る。

「……はっ……あっ、ひな」

「いいよ、み～たん……もっと啼いて」

「ばっ、か」

「俺に寄り掛かっていいから、ちから抜いて」


日向が蔦子さんを刺したのは、その夜のことだった。


泣きじゃくる日向からの電話を受け、俺は両親を連れて、黒川家に赴いた。

両親の対応は完璧だった。

蔦子さんを知り合いの医院に運び、警察には通報しないように要請した。
幸い、蔦子さんは軽傷だったこともあって、日向は警察のご厄介にならずに済んだ。

怪我の回復を待って、蔦子さんはウィーンに旅立って行った。ピアノ留学との名目だ。
日向は麻生家に身を寄せた。

そうこうするうちに3月の受験はあっという間に終わり、俺らはともに、合格を勝ち取った。

そして、その夜――……。
俺らは、はじめて一線を越えた。

はじめては思ったよりもこわくなかったけれど、計算違いがひとつ。
俺が日向を抱くのではなくて、日向が俺を抱いたこと。
つまり俺が〈受《うけ》〉だったこと。
「こう云うのは、気持ちが強いほうが勝つんだよ！」
日向は嘯き、鮮やかに微笑んだ。
ま、いっか――……。

（了）

拒食症がくれたもの。

ミカヅキカゲリ

２０１７年春、わたしは拒食症を発症した。


きっかけは単純なこと。

ひどく傷ついたのだ。

わたしが不安ななか、入院してつらい思いをしてると云うのに、両親は四国にお遍路参りに出かけた。顧みられなかったわたしはざっくりと傷ついた。

そこから傷は広がり、なぜか食事をすると嘔吐するようになった。そこから食べること自体を恐怖するようになるまでは割合早かった。


わたしはだんだん食べられなくなり、食べても吐くようになり、やがて全く食べものを受け付けなくなった。

体重も30キログラムを下回り、文字通り死にかけた。

一般的に拒食症になるきっかけは、自分で嘔吐をわざとする所から来ることが多いと云われる。

しかしわたしは四肢麻痺である。嘔吐することなどは不可能。それなのに、食べ物を口にすると、自然に嘔吐を繰り返した。

人の体とは不思議なものである。精神的に追い詰められたことによって、体が生きること拒否するかのように、わたしは拒食症と云う闇に落ちていったのだった。

周りも、わたしを心配して精神科に入院させたりもした。

わたしはなかなか拒食症の闇から抜け出せはしなかった。

回復するまでに、1年以上かかったように思う。

何しろ精神的にもかなり追い詰められていて、すべての物事が恐ろしく感じられて、生きてること自体が苦痛でしかなかった。

どん底まで落ちてみて、わたしの心の奥底にあったのは、出版への願いのようなものだった。

わたしは少し前にISBN（出版社図書記号）を取得していた。１００冊の本を出版できる権利だ。

しかしまだ1冊も出版した事はなかった。

それが悔やまれてならなかった。

わたしも出版社として本を出したい。

叶うまでは死ぬわけにはいかない。


そんな心の底の望みに後押しされる形で、わたしは知り合いのとみいえひろこさんにメールをしたためた。

「わたしは今とっても弱っていて、ほとんど死にかけています。けれど、出版の願いを叶えるまでは死んでも死にきれません。どうか手を貸して、わたしの作品を出版するお手伝いをしていただけないでしょうか？」

とみいえひろこさんは快く受けてくれた。


わたしの闇の時代はこうして終わったのだった。

今、あの頃を振り返って思う事は、胸の奥底に唯一残った消えない火のような情熱の事。

出版したい。

本を出したい。


拒食症はわたしからあらゆる建前を消し去った。

細かい事は重要ではないこと。大切なのは本当の望みだけだと云うこと。

それを教えてくれた。


拒食症が教えてくれたこと。

それはこの消せない情熱。

出版や文筆活動に対するこの思い。

胸の中に溢れて止まらない情熱。


拒食症になって良かったと今では思う。

わたしは自殺未遂で、自分の道を定めるとかできた。

さらに、拒食症を経験したことによって、道を歩いて行くと云う覚悟ができたような気がしている。

拒食症がくれたもの。大切にしたい。わたしの宝物。

1．簡単に自己紹介をお願いします。
千春です。川柳と短歌と詩をやっています。
2．創作をはじめたきっかけや経緯を教えてください。
短歌をはじめて、新聞に載ってたんだけど、そのうちに載らなくなっちゃって、そのころ、大祐くん（パートナーの川合大祐さん）の上司って云うか、バイト先の方が川柳もやられていて、はじめました。

詩は、7年前に入院していたときに、川柳も短歌も行き詰まっていたときに、自然に書きはじめました。
3．働いていることについて、創作にどのようにかかわっていますか？
仕事はトイレ清掃員なんですが、ちょっと話がずれるかも知れないけど、仕事に花を持って行くのだけど、花からつくることが多いです。
4．女性であることは人生と創作において、どのような意味を持ちますか？
凄くむずかしい質問ですね。創作においては、私の中で、女性特有の生理とか出産とかお腹に赤ちゃんを孕むとか、そう云うことが凄く大切なアイテムになっています。

人生においては、やっぱり女性として生まれてきて、創作をして私は善かったと思います。
5．『こころ』の「婉曲にいって君は砂時計」の句について、つくったときの背景や裏話を教えてください。
正直云って、つくったときのことはあんまり覚えていなくてたくさんつくってた時期の句かなと思います。ただ、大祐くんの影響が大きいかなと云う気がします。
6．『こころ』の「ゆずれないかぼす　ゆずれないしししゃも」の句について、つくったときの背景や裏話を教えてください。

料理をしているときの句です。じつは、うちではかぼすってお金がなくて買えないんです。だからこれ、ほんとうは、手に入らないかぼす、パートナーと競いあいながら愉しく食べるししゃもってことなんだけど。

ちなみに、ししゃもにレモンをかけると、さっぱりして美味しいよ？

7．詩と短歌と川柳とは、どのように住み分けられていますか？

あるテーマを描くための方法を選ぶ決め手はなんですか？

住み分けって云うか、できるときにできることをやる感じかな？　詩がかけないときは川柳か短歌を書いて、川柳が書けないときは短歌か詩を書いて、みたいな。

いちばんストレートに出てくるのが詩で、次が短歌で、逆に川柳は寧ろ苦しいときにしかやらないかも知れない。

8．ずばりモノヅクリとは？

いちばんすとんとする表現は、息をするように書いていると云うもの。ほんとうに息をするように書いているの。私は、体調のこととかもあるのだけど、ほんとうに息をするように書いているの。

私が洗濯をしたり、料理をしたり、散歩をしたり、ラジオ体操をしたり、スタバに行ったり、愉しいことをしたりするのと同じように、ほんとうに息をするように書いているの。

9．最後に好きな言葉とその理由を教えてください。

生きていく、生かされていると云うもの。7年前に自殺未遂をして以降、たいへんなことはいろいろあるけれど精神的にも肉体的にも金銭的にも周りの方々に支えられて、生かされているなと感じます。

ありがとう御座いました！

1　簡単に自己紹介をお願いします。

ペンネーム、mimmin。私は日常生活を電動車椅子で送っています。絵を描いたりウィンドウショッピングが大好きです。美味しい物を食べに行くことも大好きです。

2　障害について教えてください。脳性まひは感覚がないってほんとうですか？

私は生まれつきの脳性麻痺。脳からの指令を体に伝えることが難しく立ったり座ったり1人では出来ません。誰かに支えてもらうと立ったり座ったりすることは出来ます。私の場合は感覚が分かりにくいですが感覚はあります。

3　パステルアートについて、簡単に教えてください。

茶漉しみたいなやつを使いクレヨンみたいなやつを擦って好きな色で擦り色んな型を作りその上から指で描いていきます。

4　パステルアートとは、どのように出逢い、はじめられたのですか？

小さい頃から絵を描きたいと思っていましたが、手が不自由だから絵を描こうとしてきませんでした。しかし、大人になってコーチングと出会って障がいを持っているから描けないと思っていたのは私だけと気付き、パステルアートを描くことを挑戦してみました。描いてみるととても楽しく夢中になれました。いつかパステルアートで、自分の体験を絵本にしたいと思っています。

5　パステルアート歴は何年ですか？

5年目くらいです。

6　パートナーさんとパステルアートを描くときのやり方を説明してください。

パステルアートを描く時は手伝ってくれる人が二人います。そのパートナーの方と最初はどんな絵を描くか絵をおこ

します。決まったら紙やクリアファイルで型を一緒に作り、描き始めます。サポートしてもらうところは色を茶漉しで擦ったり型を押さえてもらったり消しゴムで消したりするところを一緒にやります。

7　どんなときに、パステルアートを描きたくなりますか？

また、よく描くテーマやモチーフはありますか？

何気ない日常の中で描きたい絵が思いつきます。その時に単語でもいいからメモをします。私が絵を描くのは自然や動物が登場する絵が多いです。

8　女性であることは人生と創作において、どのような意味を持ちますか？

女性とか男性とかあまり意識したことはないですが、私は感情が豊かなので様々なことを体験し感じるなかでその感情を噛み砕いていくと、創作において想像が豊かになり絵に現れやすいと思っています。

9　ずばりモノヅクリとは？

私の生きざまが絵になってみなさんに伝わり色んな方向から繋がりあえることです。

10　最後に好きな言葉とその理由を教えてください。

『「出来るかも」と「出来ないかも」どちらも「かも」だったらやってみよう』という言葉が好きです。小さい頃にこのパズルをはじめて自分で作ったときに、出来る出来ないではなくて、失敗してもいいからやってみなよと背中をおされている気分でした。また、その言葉がどんな時も心の支えになってくれました。

ありがとう御座いました！

1　簡単に自己紹介をお願いします。
佐藤弓生です。歌人集団「かばん」会員です。
2　創作をはじめたきっかけや経緯を教えてください。
13歳の春の下校時、畦道で風が吹いてきたとき突然〝世界〟とチャンネルが合った感をおぼえ、〝世界〟が遠ければ遠いほどそれを記録しておかねばと思ったのがきっかけです。
3　たしか、校閲の仕事をされているとか。出版社にお勤めですか？
また、働いていることについて、創作にどのようにかかわっていますか？

フリー校閲者として出版社と契約しています。労働の内容は創作にほとんど影響していません。ただ、生活上の不安が増すと創作ができなくなるほうなので、収入の安定によって創作が支えられているとは言えます。
4　女性であることは人生と創作において、どのような意味を持ちますか？
女性はマイノリティの一種（女性にもいろいろな立場があり、いついかなるときもマイノリティとは言えませんが、一般通念として）ですので、弱さ、小ささ、かわいらしさなどに気づきやすい環境があり、それを創作に取り入れることができると思います。

とはいえ子どものころから、自分が女性だと認識しきれない気持ちがあるのですが……。
5　『モーヴ色のあめふる』の「言語野はいかなる原野　まならのしずくを月、と誰かがよんだ」の歌について、つくったときの背景や裏話を教えてください。
すみません、まったく覚えていないのですが、初出は某詩歌誌に出した50首詠で、締め切りがきびしくてほとんど自動書記状態だったと思います。杉恒夫さんの歌〈わが脳のおそい夜明けの言語野に冬には雁の羽をやすめる〉（「かばん」2002年12月号）が浮かんでいたかもしれません、語彙的に。

6　『モーヴ色のあめふる』の「ハンカチが鳩に変わって　やるせない　ハンカチに魂がないこと」の歌について、つくったときの背景や裏話を教えてください。

これも覚えていないのですが、前後の歌を読むと、存在の根拠とかその不確かさについて考えていたんでしょうか？（自分に聞きたい）情景としては、三原順さんの漫画『はみだしっ子』最終話で奇術師がシルクハットから鳩を出す場面のイメージもあると思います。主人公はそれを見ながら、好ましくない生命と好ましい生命、許される殺人と許されない殺人のことを考えていました。私は三原順チルドレンなので、彼女の作品を無意識にあちこちで投影していそうです。

7　詩と短歌とは、どのように住み分けられていますか？

あるテーマを描くための方法を選ぶ決め手はなんですか？

詩は長らく書いておらず、住み分けているというより、短歌へ移住した状態です。ひとりで詩を書いていたところ、連句に誘っていただき、定型というルールで人から人へつながることを新鮮に感じてその後も独吟のようにつくっていたら、じきに短歌のフィールドに来ていました。テーマを決めて書くことがあまりないので「方法を選ぶ決め手」を説明できませんが、ひとりで書くなら詩、ひとりで書くにしても誰かと何かを受け渡しする感覚があれば短歌が向いているのではないでしょうか。短歌って長めのリレーバトンみたいな形に見えますし。

8　ずばりモノヅクリとは？

ずばりとは言えませんが、遊び？

9　最後に好きな言葉とその理由を教えてください。

いろいろありますが、上の流れから『梁塵秘抄』の「遊びをせんとや生れけむ」としておきます（遊女が身の上を嘆く言葉との説もありますが、字義どおりに取っておきます）。好きな、というより、遊びを続けることのできる自由を守り抜かねばと思わされる言葉です。

あとがき

はじめまして！　或いは、こんにちは。赤い電動車椅子の詩人ミカヅキカゲリです。†三日月少女革命†の1年ぶりの新刊『秋風の輪舞／拒食症がくれたもの』です。

少し前に、つむぎ書房より第一歌集『中指いっぽんのうた』を刊行しました。10年あまり続けた短歌の集大成になる歌集です。詠みためた一八〇〇首以上の歌から三九〇首を収録しました。選歌は大好きな佐藤弓生さんにお願いしました。ぜひ、読んでやってください ね！　今後、短歌を続けて行くか、まだ判らないけれど、ともあれひと区切りついたかな、と感じています！

さて、今回の『秋風の輪舞／拒食症がくれたもの』、巻頭には「俺らの敗因、つーか勝因！」のマンガを載せました。Instagram で出逢った方にコミカライズしていただきました！ありがたや！マンガの後には、「メアリー人形」を再録しました。そのあと、「俺らの敗因、つーか勝因！」を書き下ろしました。ほのぼの BL 小説になりました。しかし……、子どもに手を出す親ばかり書いているな、と云う気がします。その所為か、大学時代には教授から「お父さんを誘っちゃった？」と云われてしまう始末でした。が、そのようなことは、ありがたいことにありませんでした！

後半には、「拒食症がくれたもの。」を書き下ろしました。そのあとには、インタビュー企画「わたしとモノヅクリ」を収録しました。3人のクリエーターにインタビューをさせていただきました。ありがとう御座いました！　ただ、紙幅の都合から文字が小さくなってしまいました。ごめんなさい！

前述したとおり、この本『秋風の輪舞／拒食症がくれたもの』は、† 三日月少女革命 †にとって、約1年ぶりの新刊になります。印刷代を奮発してジュエルペーパーを表紙に使いました。箔押しも施しました。あわせて、注目してみてください。

読者のみなさまには、いつも、† 三日月少女革命 †とミカヅキカゲリを応援してくださって、ありがとうございます。わたしが四肢麻痺にも拘らず、こうして† 三日月少女革命 †として、出版活動ができています。文字の入力には Hearty Ladder と云うフリーソフトを使っています。ジョイスティックの釦を中指いっぽんで押します。

そうして、中指いっぽんから生み出される、† 三日月少女革命 †の出版物です。みなさまのココロに届きますように——……。

ミカヅキカゲリ

† 三日月少女革命 †

奥付
秋風の輪舞／拒食症がくれたもの
著者　ミカヅキカゲリ
発行　† 三日月少女革命 †
発行日　2024年7月12日
ISBN　978-4-909036-13-1　C0093

連絡先　http://3kaduki.link/
kageri@3kaduki.link

定価　1870円(本体1700円＋税 10%)